FOTOS AUS MITTELERDE

„Es besteht ein Bündnis zwischen den zwei Türmen – Orthanc und Barad-dûr"

Klett-Cotta
Die Originalausgabe erschien unter dem Titel „The Lord of the Rings. The Two Towers. Photo Guide" bei
HarperCollinsPublishers, London
Text: David Brawn
Fotografien: © 2002 New Line Productions, Inc. Alle Rechte vorbehalten.
Zusammenstellung: © 2002 HarperCollins*Publishers*
Design: James Stevens
Für die deutsche Ausgabe
© J. G. Cotta'sche Buchhandlung Nachfolger GmbH, gegr. 1659,
Stuttgart 2002
Fotomechanische Wiedergabe nur mit Genehmigung des Verlags

„The Lord of the Rings", „The Two Towers", die Figuren und die Orte darin, ™ The Saul Zaentz Company d/b/a Tolkien Enterprises under license to New Line Productions, Inc. Alle Rechte vorbehalten.
„Tolkien"™ ist der eingetragene Markenname der J. R. R. Tolkien Estate Limited
„Der Herr der Ringe: Die zwei Türme. Fotos aus Mittelerde" ist ein Buch zum Film und ist nicht ausdrücklich von der Tolkien Estate genehmigt. Dialogzitate sind dem Film entnommen, nicht dem Roman.
„The Lord of the Rings" und seine Einzelbände „The Fellowship of the Ring", „The Two Towers" und „The Return of the King" erscheinen bei HarperCollins*Publishers*. Under license from The Trustees of the J. R. R. Tolkien 1967 Settlement.
Die deutsche Ausgabe „Der Herr der Ringe" und seine Einzelbände „Die Gefährten", „Die zwei Türme" und „Die Wiederkehr des Königs" erscheint bei Klett-Cotta, Stuttgart
Photos: Pierre Vinet und Chris Coad

Satz des deutschen Textes: Typomedia, Ostfildern-Scharnhausen
Gedruckt und gebunden von Proost, Belgien

ISBN 3-608-93323-9

DER HERR DER RINGE
DIE ZWEI TÜRME
FOTOS AUS MITTELERDE

KLETT-COTTA

DIE EMYN MUIL

Frodo Beutlin wird von Albträumen gequält. Seit er den Auftrag übernommen hat, den Einen Ring wieder dahin zu bringen, wo er geschaffen wurde, zum Schicksalsberg in Mordor, hat der Hobbit viele Gefahren überstanden. Sein Freund, der Zauberer Gandalf der Graue, ist in den Minen von Moria in den sicheren Tod gestürzt, während er die übrigen Gefährten vor dem flammensprühenden Balrog rettete; und nun hat der Verräter Saruman seine Uruk-hai ausgeschickt, um ihnen den Ring abzunehmen. Weil er nicht mehr weiß, wem er noch trauen kann, trennt sich Frodo von den Gefährten, um allein weiterzugehen – allein, bis auf seinen treuen Gefährten Samweis Gamdschi.

„Was ist, Herr Frodo?"

„Nichts. Ein Traum."

„Mordor … das Land in Mittelerde, das wir auf keinen Fall aus der Nähe sehen wollen; und genau dort versuchen wir jetzt hinzukommen."

Der Marsch ist lang und ermüdend. Sam befürchtet, daß sie auf dem falschen Weg sind, und Frodo ärgert sich, daß sie nicht schneller vorankommen. Sie wissen, daß sie aus den Bergen hinausfinden und in das Ödland davor gelangen müßten.

Aber jemand folgt ihnen – jemand, der auf eine Gelegenheit lauert, sich des Rings zu bemächtigen …

„Mein Schatzzz …"

Meriadoc Brandybock und Pippin Tuk sind nun von den anderen getrennt und werden von Sarumans Uruk-hai-Kriegern als Gefangene zur Festung Isengard geschleppt.

„Ich glaube, es war ein Fehler, das Auenland zu verlassen, Pippin."

Die Uruk-hai diskutieren darüber, weshalb Saruman ihnen befohlen hat, die beiden Hobbits gefangenzunehmen.

„Sie haben etwas … irgendeine elbische Waffe … der Gebieter braucht sie für den Krieg."

Pippin erzählt Merry, was er belauscht hat.

„Sie glauben, wir haben den Ring!"

„Pssst – sobald sie merken, daß wir ihn nicht haben, ist es aus mit uns!"

DIE EBENEN VON ROHAN

Die drei übrigen Mitglieder des Ringbundes, Aragorn, Legolas und Gimli, suchen drei Tage und drei Nächte lang nach ihren gefangenen Freunden. Sie finden Pippins Elbenspange auf den Ebenen von Rohan.

„Sie sind am Leben!"

„Rohan ...
Heimat der Pferdeherren."

Sie werden überrascht von einer Hundertschaft gewaltiger Krieger der Reiter von Rohan. Deren Anführer, Éomer, ist der dritte Marschall der Riddermark und der Neffe des Königs Théoden.

„Was haben ein Elb, ein Mensch und ein Zwerg in der Riddermark zu suchen?"

DER FANGORNWALD

Das Lager Uruks wird von Éomers Reitern angegriffen, und Merry und Pippin entkommen in dem allgemeinen Durcheinander. Als sie in den Fangornwald flüchten, werden die beiden Hobbits von dem wütenden Grischnách verfolgt.

„Ihr dreckigen kleinen Quieker! Ich werd euch Madenlöcher in den Bauch bohren!"

Unverhofft erscheint ihnen ein Retter.

„Was bist du für einer?"

„Ich bin ein Ent – manche nennen mich Baumbart ..."

Aragorn, Legolas und Gimli folgen der Spur der Hobbits in den unheimlichen Fangornwald. Plötzlich sehen sie, daß ein alter Mann sie durch die Bäume beobachtet.

„Saruman!" „Der Weiße Zauberer …" „Nein! Unmöglich … Gandalf!"

Und vor ihnen steht der Freund und Führer Gandalf, der wieder zum Leben erstanden ist.

„Tief unter allem Leben auf der Erde … kämpfte ich mit ihm – dem Balrog des Morgoth. Dunkelheit umfing mich … Aber das war nicht das Ende. Der Auftrag war nicht erfüllt – ich wurde zurückgesandt."

Der auferstandene Gandalf sagt seinen Freunden, daß sie, weil Merry und Pippin in Sicherheit sind, den Wald nun verlassen müssen. Über Rohan zieht Krieg herauf; dort werden sie gebraucht. Am Saum des Waldes ruft Gandalf sein Pferd Schattenfell herbei.

„Er ist der Herr aller Pferde, und wir haben viele Gefahren zusammen überstanden."

DIE TOTENSÜMPFE

Frodo und Sam erwischen endlich den Burschen, der ihnen nachgeschlichen ist. Es ist Gollum, der den Ring einst besessen hat und der von seiner Macht verdorben wurde. Er bettelt darum, Frodo, dem „Herrn des Schatzesss" dienen zu dürfen. Frodo willigt ein, unter einer Bedingung:

*„Du kennst den Weg nach Mordor.
Du bist schon einmal da gewesen.
Bring uns zum Schwarzen Tor!"*

Gollum führt die Hobbits durch eine kahle, finstere Landschaft voller fauliger Teiche und verdorrter Riedgräser. Aber Sam traut ihm nicht.

*„Das ist ein Morast …
er hat uns in einen Sumpf geführt!"*

Auf dem Weg durch die Sümpfe erzählt ihnen Gollum, wie sein Vetter Déagol vor vielen Jahren beim Angeln den Ring gefunden hat. Gollum, oder Sméagol, wie er damals hieß, wollte den Ring so unbedingt haben, daß er seinen Vetter tötete und sich den Ring nahm.

„Mörder haben sie uns genannt ... und sie haben uns fortgeschickt."

Nach diesem furchtbaren Verbrechen floh Gollum aus seiner Heimat und hauste in einer Höhle unter den Nebelbergen, mit dem Ring als einziger Gesellschaft. Dort wurde er ein gehässiger, elender Bursche voller Selbstmitleid.

EDORAS

Wieder zusammengeführt, reiten Gandalf und seine drei Gefährten nach Edoras, der Hauptstadt von Rohan.

„Meduseld, der Palast von Edoras, Sitz König Théodens von Rohan."

Der Weg zur Goldenen Halle wird ihnen vom Hauptmann der königlichen Leibwache versperrt.

„So bewaffnet kann ich dich nicht vor den König treten lassen, Gandalf Graumantel – Befehl von Gríma Schlangenzunge."

„Willst du einen alten Mann seines Wanderstabs berauben?"

EDORAS

Éowyn, die Nichte des Königs, trauert um ihren Vetter Théodred, der im Kampf mit Sarumans Orks eine tödliche Wunde empfangen hat. Jetzt sorgt sie sich um ihren Bruder Éomer.

Éowyn wird vom Ratgeber des Königs belästigt, dem abscheulichen Gríma Schlangenzunge, der ihr nachstellt, obwohl sie ihn haßt.

„Laß mich in Ruhe,
Schlange ...
Deine Worte sind Gift."

„Ich verstehe. Sein Hinscheiden ist schwer zu ertragen – besonders jetzt, wo dein Bruder dich im Stich gelassen hat."

DIE GOLDENE HALLE

*„Immer bist du Unheilsbote gewesen.
Warum solltest du mir
willkommen sein, Gandalf Sturmkrähe?"*

Gandalf wird zu Théoden geführt und sieht mit Entsetzen, wie sehr der König seit ihrer letzten Begegnung gealtert ist. Er spürt Sarumans Einfluß …

„Zu lange schon habt Ihr im Schatten gesessen. Hört auf mich! Ich löse diesen Bann."

Gríma Schlangenzunge merkt, was geschieht, reagiert aber zu spät.

„Sein Stab! Ich hab doch gesagt, Ihr sollt ihm den Zauberstab abnehmen!"

Von Sarumans Einfluß befreit, fühlt sich der König sogleich wieder gut bei Kräften. Schlangenzunge wird des Verrats überführt, und der König wirft ihn aus dem Palast.

„Immer hat er Euch in den Ohren gelegen … und Eure Gedanken vergiftet."

„Verbannung wäre zu milde für dich."

ISENGARD

Saruman ist wütend, daß Gandalf König Théoden von seinem Bann befreit hat. Drastischere Maßnahmen sind nun nötig, um das Königreich Rohan zu erobern.

Er bewaffnet einen Haufen von fünfhundert Dunländern und Wilden, die in den Hügeln um Rohan leben, und überzieht Rohan mit einem Sturm der Verwüstung.

DIE EBENEN VON ROHAN 23

*„Gewinnt die Länder zurück, die sie euch gestohlen haben!
Brennt jedes Dorf nieder!"*

„Dies ist nur ein Vorgeschmack des Schreckens, den Saruman entfesseln wird ..."

Gandalf rät König Théoden, seine Reiter gegen Sarumans Heer auszusenden, so daß die Frauen und Kinder zurückbleiben. Der König beschließt, die Stadt zu räumen und sein ganzes Volk in der mächtigen Festung Helms Klamm in Sicherheit zu bringen.

DIE STÄLLE VON ROHAN 25

Aragorn verfolgt den Aufbruch der letzten Pferde. Brego, das schlachtmüde Roß des gefallenen Prinzen Théodred, ist zu bekümmert, um einen anderen Reiter zu tragen.

„Laß diesen Hengst frei. Er hat genug gekämpft."

DAS SCHWARZE TOR

Gollum führt Frodo und Sam zum Schwarzen Tor von Mordor, das den Eingang in ein tiefes Tal zwischen düsteren grauen Bergen verschließt. Es ist mit grimmigen Ork-Wachen besetzt.

„Herr sagt, bring unsss zum Tor, also hat der gute Sméagol euch hergebracht."

Eine lange Kolonne bedrohlich aussehender Ostlinge marschiert an Sam und Frodo vorüber und durch die großen eisernen Torflügel nach Mordor hinein.

„Na, das war's! Da können wir nicht rein."

Gríma Schlangenzunge kehrt zu seinem wahren Gebieter zurück. Er erklärt Saruman, daß es König Théodens erster Gedanke sein wird, sich nach Helms Klamm zurückzuziehen. Saruman beschließt, seine Orks gegen das flüchtende Volk Rohans auszuschicken.

„Théoden hat zwei Fehler gemacht: erstens,
daß er dir getraut hat, dann, daß er dich am Leben gelassen hat."

LOTHLÓRIEN

In der Stadt der Bäume beruft Elrond eine Ratsversammlung der Elben ein. Er glaubt, daß sie sich am Kampf gegen Sauron beteiligen sollten, aber nicht alle stimmen zu.

„Die Ringe der Elbenfürsten wurden nicht als Waffen für Kampf und Krieg geschmiedet. Sie können den Menschen nicht helfen."

„Das Bündnis zwischen Menschen und Elben gehört der Vergangenheit an."

Später spricht Elrond ernst mit Arwen über ihren Entschluß, gemeinsam mit Aragorn zurückzubleiben. Da sie einen sterblichen Mann liebt, muß sie sich der Tatsache stellen, daß sie altern und sterben wird, während ihr Volk jung bleibt. Er meint, sie habe eine falsche Entscheidung getroffen.

„Nichts erwartet dich hier, nur der Tod."

DAS WEISSE GEBIRGE 31

„Warge!!!"

Auf dem Rückzug durch die Berge wird das Volk von Rohan von Orks überfallen, die auf riesigen Wölfen reiten. Die Reiter bilden Schlachtreihen gegen die Legionen fauchender Warge, die sie angreifen, und Aragorn kämpft auf Leben und Tod mit Scharku.

Als sie in die Wälder von Ithilien gelangen, laufen Frodo und Sam einem Trupp gondorischer Waldläufer in die Arme, die in ihnen Ork-Spione vermuten. Mit verbundenen Augen werden sie nach Henneth Annûn, ihrem versteckten Lager, geführt.

Die Waldläufer erfahren von Frodos Auftrag. Als der Anführer der Waldläufer, Faramir, hört, daß Boromir einer von Frodos Gefährten war, hat er eine traurige Nachricht …

„Warst du Boromirs Freund?
Würde es dich also bekümmern zu erfahren, daß er tot ist?"

Faramir gibt sich als Boromirs Bruder und als Sohn des Fürsten Denethor, des Statthalters von Gondor, zu erkennen. Als er von dem Einen Ring erfährt, schwört er, den Ring nach Gondor zu bringen, um Boromirs Vorhaben zu beenden.

DER FANGORNWALD

Baumbart trägt Merry und Pippin tief in den Wald hinein. Sie erreichen das Ent-Thing, eine Versammlung vieler Arten von Bäumen, und warten geduldig, während die Waldgeister ihr Schicksal erörtern.

„So geht das nun schon seit Stunden."

„Inzwischen müssen sie etwas beschlossen haben."

„Beschlossen? Wir sind noch nicht weiter gekommen als bis zum Guten Morgen!"

Merrys Appell an die Ents, sich am Kampf gegen Isengards Untaten zu beteiligen, rüttelt sie auf, und sie beschließen, gegen Sarumans Festung zu marschieren.

„Wahrscheinlich, Freunde, gehen wir unserem Verhängnis entgegen: der letzte Marsch der Ents ..."

HELMS KLAMM

Das Volk und die Reiter von Rohan erreichen schließlich die alte Festung Helms Klamm. Sie versammeln sich im Hof der Hornburg.

Während Legolas und Gimli durchs Tor hereinreiten, erfährt Éowyn von König Théoden, daß sie angegriffen wurden und daß viele von ihnen gefallen sind.

„Herr Aragorn – wo ist er?"

„Er ist gefallen, als er den Rückzug deckte."

Nach dem Kampf mit Scharku ist Aragorn mehr tot als lebendig. Als er sich aufzurappeln versucht, wird ihm unerwartete Hilfe zuteil.

„Brego …?"

DIE GROSSE HALLE 39

Von Brego sicher nach Helms Klamm getragen, hat Aragorn eine wichtige Meldung für König Théoden. Er hat Tausende von Uruk-hai gegen die Festung marschieren sehen.

„Ganz Isengard hat sich entleert … Zehntausend mindestens. Ein Heer, das nur zu einem Zweck herangezüchtet wurde: die Welt der Menschen zu zerstören."

Legolas ist besorgt: die Verteidiger sind eingeschüchtert, und er befürchtet, daß sie mit dreihundert Mann einem Heer von zehntausend Uruk-hai nicht standhalten können. Er fühlt sich von seinem eigenen Volk verraten und glaubt, daß die Elben die Menschen nicht hätten alleinlassen dürfen.

Die Uruks erreichen Helms Klamm, und die große Schlacht beginnt!

DIE SCHLACHT VON HELMS KLAMM

Die Waldläufer erreichen Osgiliath, einst die größte Stadt von Gondor, nun aber, nach Jahren des Krieges, in Trümmern. Faramir will Frodo in die Stadt Minas Tirith mitnehmen und den Ring im Kampf gegen Sauron verwenden. Sam bittet ihn inständig:

„Der Ring wird Gondor nicht retten."

Faramir begreift endlich, daß das Böse in dem Ring unmöglich guten Zwecken dienstbar gemacht werden kann. Er läßt Frodo, Sam und Gollum ihren Weg nach Mordor fortsetzen und führt sie zu den alten Abflußkanälen, in denen sie unter den Ork-Wachen hindurchgelangen können.

„Geh nun, Frodo, und die guten Wünsche aller Menschen seien mit dir."

ISENGARD

Mit der Marschkolonne der Ents sind Merry und Pippin nach Isengard gelangt. Von seinem Turm aus beobachtet Saruman, wie die riesigen Baumleute die Mauern seiner Festung niederreißen.

„Da ist noch ein Zauberer, um den man sich kümmern muß ... verschanzt in seinem Turm!"

Und Gandalf der Weiße, erschöpft nach der Schlacht von Helms Klamm, warnt die Freunde, daß sie immer noch mit den Orks und ihresgleichen rechnen müssen.

„Saurons Zorn wird schrecklich sein, und seine Rache wird nicht auf sich warten lassen. Die Schlacht um Helms Klamm ist vorüber. Die Schlacht um Mittelerde beginnt nun erst."

„All unsere Hoffnungen tragen nun zwei kleine Hobbits …
irgendwo in der Wildnis."